贈答歌集

病室のまこと

金古弘之
金古のり子

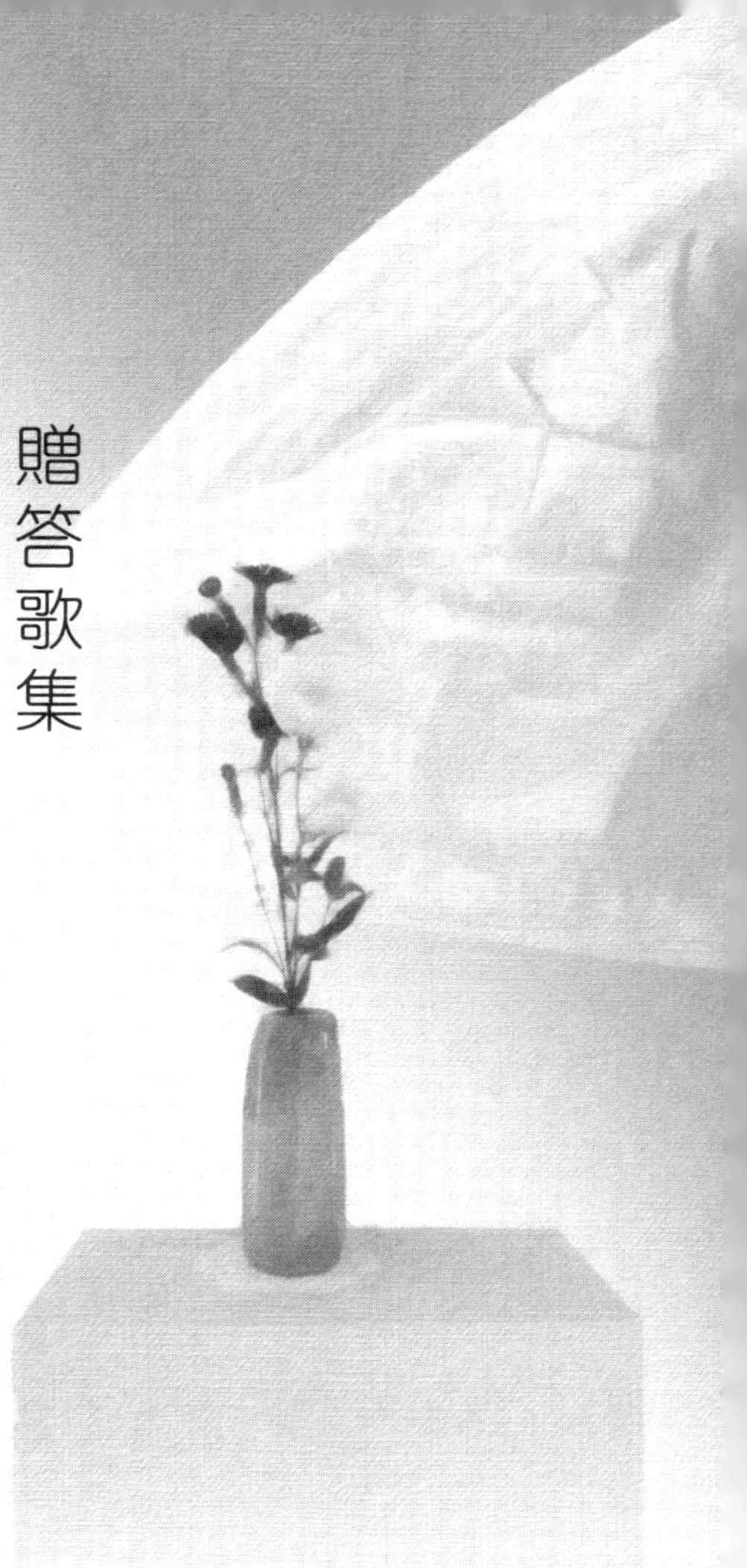

文芸社

本書は平成二十九年十月一日に私家版として制作した書籍を加筆・修正したものです。
なお、再刊にあたり表題を『病室のままごと』から『病室のままこと』へ改めました。

はじめに

平成二十八年十月十日十時二十七分、金古弘之は七十五歳と六ヶ月の生涯を閉じました。まったく彼らしい幕引きでした。老人になることなく、かっこ良いままに逝きました。

歌集「病室のままごと」は、弘之が赤白血病という難病を発症して、岐阜大学病院に入院してからの八十一日間の記録歌です。メモであり日記でもあります。その時々の思いや会話、出来事を即興で記録したものです。最初は、私があまりの不安から、何かを見つめることで心の整理をつけようと、歌の形で大学ノートにメモを書き始めました。しばらくして弘之にも何かしらその時々に句点がいるように感じて、付け句の形で宿題にしました。そのうち、自分からメモするようになり、短歌など詠んだことのない彼でしたが、ままごとにつきあってくれました。当初は、弘之の記録を残すために書いたように思いますが、今読み返すと、それは残された私のための歌でした。歌と言うにはあまりにも拙いものですが、五七五七七の形を借りて、その時々の思いが残りました。

こんなふうに書き始めて、すでに半年近くが過ぎました。四十九日までにお世話になった方々に届けることができたらと、郡上市大和町の牧の家で夢中でパソコンに向かいました。寂しいだろうからと姉が一緒に過ごしてくれていたので、時には泣きながらも、なんとか一気に打ち終えることができました。

ところが、そのまま暗礁に乗りあげてしまいました。なかなか読み返す気力が湧かなくなってしまったことと、本当に歌集にしても良いのだろうかという不安とで、半ばあきらめかけたのです。反面、弘之は待っているだろうなとも思いました。いつだって彼は、私がすることの多くをとても楽しみにしていたからです。まして、最後の共同作業、やはり形にしなければとも。また、歌集はまだなのかと声をかけてくださる方々もいらっしゃいました。

そんな折、大和の「歌の町づくり」の会議で、岐阜県歌人クラブ顧問（当時会長）の後藤左右吉先生とご一緒させていただきました。ちょうど事務局長の後藤すみ子先生から、「あなたもちゃんと歌をつくらなきゃだめよ」と、言われていたときなので、入門テストのつもりで、後藤左右吉先生に勇気を出して原稿を見ていただくことにしました。

私は試験の合否を待つような思いで、返信を待ちました。先生は、実に丁寧に、的確に、かつ迅速に見てくださいましたので、私はどんなに勇気をいただいたことか。力一杯背中を押していただきました。本当に感謝しています。これを機に、短歌を暮らしの中に取り入れていけたらと思います。

また、現在、岐阜県歌人クラブの印刷をやってくださっている「南進社」を紹介くださり、奥様がすぐ打ち合わせに来てくださいました。

力強い後押しのおかげで、きっと一周忌までには出版できるでしょう。

私は、普段は瑞穂市の家にいて、娘家族のサポートをしています。大和に帰るのは月に二、三度です。九十八歳の義母は老人ホームにお世話になっていますので、大和の家は空き家状態です。それでもつながっているありがたさ。弟夫婦や姉をはじめとして、親戚の皆さん、お隣の鬼頭先生ご夫妻、知人友人多くの方々に支えられています。また、大和の地も温かい。本当に皆様のおかげ。ありがとうございます。

寂しさも薄らぐときあり空は青　龍神の雲がゆったり浮かぶ

こうやって言葉にすると、本当に居ないんだなあとかえって寂しくなるときもありますが、なんとか前を向いて歩きます。皆さん、本当にありがとうございます。

金古　のり子

目次

第一章 命の音

——告知から抗がん剤治療の日々

発症は突然でした。七月の第一週には図書館講座の講師を務めましたし、八幡病院の血液外来を受診することになった十五日ごろまでは、普段と変わりない生活をしていました。ところが、検査結果を聞きに行った十九日には、貧血が尋常ではない数値になっていました。即輸血が必要とのこと。それでも高齢者にはよくある「骨髄異形成症候群」だろうと言われ、そんなに動揺することなく受け止めました。精密検査と治療が必要とのことで、七月二十二日に大学病院へ入院することが決まりました。

家には、当時九十七歳の姑がいました。身の回りのことは自分でできる気丈な姑でしたが、瑞穂市で一緒に暮らすことも、一人で郡上に居ることも難しいため、ここ数年は、私たち夫婦は週末婚状態でした。私は孫の世話のため瑞穂市に住み、弘之は、母親と二人で大和に住んでいました。私は金曜日になると高速で郡上に帰り、大和の家で二日間を過ごして瑞穂市に帰ってくるのが常でした。もちろん夏休みや冬休みは郡上でしたし、姑をショートステイに預けたときは、弘之が瑞穂市に来ることもありました。入院に際して、姑をどうするかが大きな問題でしたが、幸いにも老人ホームに空きがあり、二十日には入所することができました。その日、弘之は多少の熱があったのに、私が送っていくからと言うと、これが最後になるかもしれんから、一緒に送っていくよと冗談のように言う。冗談のように言ったけれど、今から思うと、弘之は自分の体にただならぬことが起こっていることに気づいていたのではないでしょうか。本当にこの日が母と子の別れになりました。姑を送った帰り、「寿司でも食べていこうか」と言う。その日にできる精一杯の弘之からの晩餐でした。
病院を受診してから一週間、激動の日々でしたが、今思い返すと、すべてを十分把握することなく、動いていったように思います。

すべての始まりは、本当に突然でした。

＊歌の頭の◎と☆　◎は、弘之の歌
☆は、のり子の歌

☆つばくらめ四羽並んでのぞいてる病床の夫《つま》を見舞うが如く

七月二十四日　日曜日

☆グランドで終日児等は駆けており一日眺む病床の夫と

☆午後八時難病なるを告げらるを黙して聴きぬ遠き木霊と

七月二十五日　月曜日

☆夫の首に管を挿したる火曜日は霧雨煙る静かなる夏

七月二十六日　火曜日

☆命つなぐ管を操る看護師は初心者マークを首より下げおり

☆　掌《たなごころ》握ればぐいと握りくるいつものあなたのいつもの習慣《ならわし》

☆今日よりは点滴首より落とすらしつながれつながれ夫は生き抜く

七月二十七日　水曜日

☆出陣に太刀持ち座する武士のごと抗ガン治療の時を待ちおり

七月二十八日　木曜日

☆わが夫のかくも愛しき命かな点滴落つるをただ見守りぬ

☆飛行機の風切る音に似ておりぬ除菌テントに午後が浮遊す

◎病床の窓より空を眺めおり郡上大和よ孫らの顔よ

◎見舞い来る人々の顔の優しくてただ頑張ると返すしかなし

七月二十九日　金曜日

☆熱高き夫の手握ればとくとくと命の音が夕べ聞こえて来《く》

☆涙もろき夫婦になりて孫二人ゆるりの刻《とき》に救われている

◎穏やかにゆるりと刻の流れゆく午後の病室妻の目覗く

◎出勤の婿より空をメール便早く自由に飛び出せと押す

◎高速の空気清浄機の風の音我が機はパリかロンドン空港

☆「大丈夫」「大丈夫だよ」何度でも大丈夫だと言って欲しくて

七月三十日　土曜日

☆東《ひむかし》の空より雲のちぎれきて朝が始まる命の朝が

◎戦闘は開始されたり我が骨髄戦火の熱が乱高下する

◎副作用の怪物たびたび出現し徐々に体力奪われていく

◎二人でいる当たり前のこの暮らし郡上の地ならばさらに良いのに

◎出会いからはや半世紀わが妻よただわがままに我は走りぬ

☆穏やかな日曜の朝の始まりぬ巨人勝利の記事読み聴かす

七月三十一日　日曜日

☆起きあがりナンプレを解く夫なれば少し安堵の十日目の朝

☆あんなにも嫌っていた携帯も孫とのラインに笑顔見せいる

☆八階の窓の外には一片の雲なき空あり何処までも続く

☆週ごとに事態は暗転当たり前がもろく崩れた七月なりき

◎ふるさとは郡上の山川ツバメらに目覚めさせられ木々に起こされ

◎ママの手の優しいぬくもりその手から元気の気力送ってくれる

八月一日　月曜日

☆すずかけの幹の斑点《はだら》のその真白かく生きて来し人の在りたり

☆言葉なくただ寄り添いて病む夫の荒き呼吸に合わせていたり

☆赤き血が滴となりて落ちてゆく遠く祖先《みおや》にいただきしもの

☆五分ごと熱と血圧測りゆく若き看護師の手の美しき

◎和人《かずと》来る親しき友のありがたし和良のにおいを運んでくれる

◎空晴れて今日より八月病床の窓より眺む遠き連山

◎陽菜《ひな》ちゃんのありがとうの声淋しそうがんばらなくちゃ九月の小遣い

八月二日　火曜日

☆不安げな孫の 顔《かんばせ》 気づかいて孫にエールを届けんとする

◎孫陽菜は塾塾塾と忙しいでも携帯で優しさくれる

八月三日　水曜日

◎さきちゃんのパワーがいっぱい降ってくる元気パワーにありがとう

◎さきちゃんのラジオ体操に行く姿いつの間にか大きくなったな

◎ひとり子の娘居ませば由美という可愛い可愛い大切な娘

八月四日　木曜日

◎慈しみ育てたる娘は由美というつの間にかふたりの子の親

◎サキが言うあーちゃん行くよ元気元気元気を運ぶ笑顔を運ぶ

八月五日　金曜日

☆骨髄の液抜きし午後もリハビリは続けるよと言う医師はさらりと

八月六日　土曜日

☆こんなにも明るい空の朝なのに主治医に告げらる寛解期は来ぬと

☆若き医師ますぐに向かいて告げくれぬ言葉選びて告げ難きことを

☆この人の居ない明日があろうなどたれに告げなむこのひとりぽっち

☆夫は今生きんが為に食事する重き重き命の行事

☆命は雲湧きて流れて消えて行く我もまた雲ただ今生きる

八月七日　日曜日

☆「ただ一日我が家に帰る」わが儘も愚痴も言わない夫のわがまま

八月八日　月曜日

☆抗ガン剤投与の終わる昼下がり大地は猛暑に焼けんとすなり

八月九日　火曜日

◎背を伸ばし眼に力をこめて闘わん敵に打ち勝つ覚悟を決めて

八月十日　水曜日

☆「ママが来るその時までは元気でいる」いつも待ってたあなたは

いつも

☆愛されてこんなに深く愛されて大地のあなた大樹のあなた

☆しみじみと「家族っていいな」孫達の笑顔の写真に心預けて

八月十一日　木曜日

◎ベッドの上管と配線身にまとい我病人と叫びたくなる

八月十二日　金曜日

☆交差点曲がらず真直ぐに来たようなたまらなく不安病む夫あらば

☆０・０００が０・００８になる単球数わずかなる兆しに夢を託すも

八月十三日　土曜日

☆点滴に少しむくみし夫の手を握ればしかと握り返しぬ

◎病床に闘う我には敵見えず反応もなく闘う術無し

◎ただ今は郡上に帰るその思いその一心が我を支える

◎ベッドの上病魔に負けてたまるかと見渡せどただ空は明るし

◎願わくば妙見宮の大杉の大樹の杜に寂と佇ちたし

◎肥満した我が手をなでる妻の手から元気になれとの祈り聞こえる

八月十四日　日曜日

☆夢花火「じいちゃんがんばれ　パパ大好き」天心に届け家族の願い

☆ますらおの男の子《おのこ》なりせば病みてなお看護の我を気づかいくれる

◎コツコツとドアを叩いて入り来る優しい顔のママと元気が

◎爽快な若さみなぎる口調には夢と自信が満ちあふれおり（啓君に）

☆果敢にも明日に漕ぎ出す若者の一点の曇りなきその笑顔（啓君に）

☆また今日もドクターヘリが浮上する何処かの誰かも命と向き合う

☆こうやっていつも手をつないでやってきたすっぽり入る大きな手のひら

◎優しい手温かい手柔らかい手ママの手はどこかひと味違う

☆じょうじょうと尿をカップに受け取れば温もりも愛し二〇〇cc

☆二人して遠き記憶に遊びいる指相撲した六畳二間

八月十五日　月曜日

☆豆腐は半丁コンニャク一枚ままごとのように二人は暮らした

☆激動の戦後を生きて夫は今七十五となり翼を休ます

八月十六日　火曜日

☆いつもの道気づかぬままに迷宮路《ラビリンス》　命のナビはみつからぬまま

◎看護師の優しい眼差《まなざ》し眼で話す痛くはないか苦しくはないか

☆骨髄の機能は麻痺を来たせども二度目の爪切る日々髭を剃る

☆指を折り何やら思い巡らせつつ午睡に入る夫の横顔

◎病魔をば退治せむとて全力で背筋を伸ばし眼に力入れ

☆髪の毛も潔く抜け始め修行僧のごとし全てを受けとむ

☆また我も同行修行毛も尿も尊きものなり命あればこそ

☆ふるさとを遠くに思う日病室に友より携帯ふるさと言葉

☆歌千首二人で作れと言う友のぶっきらぼうが温かき病室

☆十一月に初産予定の看護師は処置てきぱきと母なる覚悟

◎白山さん囲める土地は悠久の自然はありて我も住まわむ

☆白山社神の使いの狼はセレブティッシュのパッケージの中

☆孫二人これから寄ると午後六時うなずく顔はじいちゃんの顔

八月十七日　水曜日

◎病院飯は好き嫌いのない我なれど食べられないのはどうしてだろか

◎病院の食事というそれだけで不味く感じる楽しみもなし

☆むくみ引けば細き足になりにけり抗ガン剤は肉もそぎおり

☆モニターの一つ外れて少しずつ解き放たれて身軽になりて

☆二つ三つ明るき話題携えて病室に向かう私の日課

◎妻が居て目だけで分かる温かさありがたきかなありがたきかな

◎病室に入りたいのに入らずに咳を治してまた来るという孫

☆口荒れて味覚の分からぬ夫なればエサの如くに昼餉ついばむ

◎がんばって口にしたのに何処か違う悲しいかな我の味覚は

◎孫達に「じいちゃん」と呼ばれ病床の我も受け入れており

◎常日頃多忙な妻が寄り添いて手を握りてのぞき込みおり

☆リハビリの若きPT午後に来て元気を一つ残して行きぬ
（PT　理学療法士）

◎隣人がわが作りしトマト食べくれぬ心温もるただありがたし

◎孫達に笑顔を見せる練習と吸って吐いてと妻は笑わす

☆病みてよりわずかに増えしヘムグロビン命の覚悟少し遠ざけ

八月十八日　木曜日

☆金メダルニュース沸き立つ傍らで検査結果のグラフに見入る

◎お隣のご夫婦思うベッドの上家に帰るぞ頑張り抜くぞ

◎孫二人じいちゃんと呼び見舞い来る元気くれるがいっときの夢

◎孫娘が嫁に行くまで生きたかり桜並木の晴れ姿思いて

◎わが家の裏の垣根の木槿《むくげ》の木白い花垣は今盛りかも

◎体力を明日に残せと言うけれど使う場もなく敵も見えずに

◎女医さんが往診に来る今日こそはメガネをかけて待つことにする

☆久々に「うまい」と言葉発したり小さき梅肉の色柔らかき

八月十九日　金曜日

◎真っ暗な闇に眠る習慣なれば病棟の明かりに心ざわつく

◎昔から妻の定位置右の横ひとりの夜の病床寂しい

◎カーテンの隙間から朝がやってくる小鳥の声も初め小さく

◎玄関の明かりを消せば星の世界手をつないでは空を眺めた

◎金曜日勤めより妻が帰ってくる外に出て待つあのライトかな

☆検査結果のプリントアウトの真新しき数字の推移に命読み解く

◎われ男の子桜並木の木の下に立たなむことぞ今のわが夢

◎看護師さん血圧体温測りに来る余分の話の温かきかな

◎深呼吸二つして後ニッコリと笑えと言われ練習するも

☆贅沢は言わないでおこう今日一日穏やかな日がある幸せがある

◎ママが居て病院生活成り立つかやってみて気づくこと数多《あまた》あり

◎五月には栗巣川から聞こえ来るカジカの美声昼日なかでも

◎東氏の庭ホタル飛び交う夕暮れを妻に手引かれそぞろ歩いた

◎オニヤンマ庭を巡りて座敷へと牧妙見ののどかなる午後

◎ツバメ来て巣を軒下に作りおりにぎやかなりき庭を飛び交う

◎帰ってきた親子ツバメがにぎやかに土を運んで楽しげに飛ぶ

八月二十日　土曜日

☆ねえあなた贈答歌でも作ろうかあなたから私に私からあなたに

◎明るくて元気の良いわが妻は新しい課題を見つけるのも早い

☆悠久の時の流れに生まれ来て君と巡り会い共に歩みし

◎懐かしく楽しくもあり過ぎし日々君と巡り会い良き日々なりき

◎二人して歩きし道の長けれど切立《きったて》道は緑深かり

☆一はけの不安も持たず見つめおり切立川の蛍の群舞を

☆育まれ抱かれて来て峠路は大樹の風の清かに吹きけり

◎大根畑二人で手伝う昼餉にはいつものように鶏ちゃん焼き

☆病室より見送れば児は蝶になり揺れて弾んで大きく手を振る

☆羊雲ふんわり浮かぶ日曜日優しき人の優しさ嬉し

八月二十一日　日曜日

◎古きこと君を待たんと駅に立つ遠くにちらと姿見つけぬ

☆いつもただ言葉少なに我を待つ待たせることに慣れしわが罪科《とが》

☆家路急ぐ港に帰還の我は舟灯りの中にあなたが待ってる

◎牡丹花は豪華な中に気品在り探せしきみはすぐそこにあり

☆牡丹花は咲き定まりて寂の中愚痴も弱音も無縁の園は

◎病室の扉の音が気に掛かる笑顔でママがやって来るのが

☆とびきりの笑顔で扉ノックするあなたの今日に祈りを込めて

◎田植えの日早苗で囲んで悪ふざけ楽しかったな遠き思い出

☆父母に慈しまれた幼の日何時しかあなたは私の父母

◎昔から話す中身が我のためありがたきかな共に歩んで

八月二十二日　月曜日

☆遠くより見舞いてくれし美智代《みちよ》らは優しき瞳残して帰りぬ

☆夏野菜嬉しそうに抱えおりはち切れんばかりの愛依《めい》の明るさ

八月二十三日　火曜日

◎抗ガン剤の副作用にて髪抜ける愛おしそうに櫛入れる妻

◎毎朝の体温測定面白い測定速度が様々なりせば

◎回診で何もないかと問われれば髪だけ抜けると少しふざける

◎髪抜けて僧の如くになると言う心の内は阿修羅の如し

◎世の中は持ちつ持たれつ大丈夫そう言いきる妻の強さよ

◎体重が入院時よりも減った今食事となると気合いを込める

◎病院の不思議な料理ベストワン茹でた胡瓜の酢の物モドキ

☆婚約を整えんとする二人来て並びて立てば病室華やぐ

☆病室へマニキュアぬりて幼子は訪う理由の一つにするも

八月二十四日　水曜日

◎直ぐ近く着替えがあっても届かない首輪につながれいる我なれば

◎点滴の管の長さが支配する我の行動一メートル四方

◎点滴棒はご主人様なり我は犬棒の動きで動きが決まる

◎昨日から黄色の車が止まってる徹夜看病大変だろう

◎オリンピック終われば紙面日常の些末な事件が氾濫している

八月二十五日　木曜日

◎山の端が白くなる頃目を覚ます明け行く朝に山に居ませば

◎死は怖い生きることはなお怖い迷惑かけずに思うとおりに

◎ママさんは楽しそうにやってくる元気づらして我も迎える

◎会議終え妻ご苦労様とねぎらえど我の心に少しの妬心

◎髪抜けて風がもろに当たるよう変化と言えばこのことかなあ

◎点滴が全て外せると言うけれど自由とは違う病院の中

☆髪の毛の抜けて地肌の見えたればしみじみと見つ丸き輪郭

☆五度《たび》目の骨髄検査明日受くる夫は遠くの連山眺む

☆午後よりは点滴全て取り外し少しの自由の準備始まる

◎鎖取れ何処へ行こうか妙見の我が家は遠く遠くにありて

◎和人《かずと》氏は手づくり野菜を運び来る茄子とトマト我は食べたし

◎わが妻はさよなら言ってまた明日手の温もりを残し帰りぬ

八月二十六日　金曜日

☆歌千首ありがとうは十万回祈りにも似た戦いの術

☆そのままを素直に生きればいいのだと精一杯のことばくれし人

☆五回目のマルクを受ける午後三時夫は静かに医師を待ちおり

☆久々にナンプレ解けば口結びいつものように4B持つ夫

☆二十九日十九時三十分その時をいかにして待たむただ素直にか

☆体重の二十四キロ減耐え抜いてナンプレ解くも嬉しい今日は

八月二十七日　土曜日

☆今日からは超ポジティブを宣言す明るく元気に「村上和雄」

◎われ男の子意気の子名の子と思いしが妻に引かれて生くるもまた良し

◎お腹の子男の子だと看護師はほっこり幸せ分けてくれたり

◎完治して桜の下に我立たむ妙見の杜の大樹を眺め

◎妙見の田打ち桜が咲く頃は萌える緑の香をかぎており

◎世中雲《よんなかぐも》（入道雲）その勢い見て義父母《ふぼ》言いし今年も豊作世も安泰と

◎昔からけじ（雑草）はしゃべると義母《はは》は言う「けじ取り婆より鍬おそがい」と

◎けじ取りの我の後を義父《ちち》言いし「歯抜け馬が通ったようだ」

◎恵里見のガヤ（チャボガヤ）おばあが煎った実は旨く口いっぱいに香り広がる

八月二十八日　日曜日

☆鮎取れば鮎喰わせむと思うらし「おじさんの分冷凍したよ」

☆出かければ子らの様子を次々と婿のメールは二十七通

☆それぞれに負うもの在りて今日がある見舞いてくれし人々にもまた

◎ただ一つみんな明るく元気が良い家族にとってそれが一番

八月二十九日　月曜日

◎旨いもの義母の作りしじんだ汁熱き物は特に美味なり

◎煎り蜂の子久さんの得意料理酒を二人でどれだけ飲んだか

☆突然に三十八度九分の熱何が起こったあなたの骨髄

☆午前まで昔話あれこれとナンプレ数問解いてお茶のみ

☆あれこれと夢見ることも「ごめんね」と言わせてしまう今日の病状

☆遺伝子の螺旋の如く病状は希望と不安を交互にくれる

☆発熱にそれでもプリンは美味しいと一個食べる私のために

☆発熱と曇り空の二十九日主治医の懇談午後七時半

☆自分より娘や息子弟に知って欲しいありのままの病状を

☆だあれにも予測の付かぬ命だと主治医は静かに告げくれし夜

☆説明し問いかけた後いつだってしばしの間合い置きたり主治医

☆暗号の解けぬままにはいかないで命はきっとサムシング・グレート

☆九度三分それでも夫は歯を磨き朝食完食にこり笑って

八月三十日　火曜日

☆新聞に「命は無始無終なり」酒井雄哉阿闍梨のことば

☆そしてまた酒井阿闍梨のことばが続く「一期一会は不意打ちで来る」

☆発熱を医師にもわびる夫なればただ愛おしく尊くて在り

☆大きくも小さくも気になる呼吸音熱はとうとう四十度三分

☆解熱剤少し普段の顔覗く苦しくないよとそれでも笑顔

☆病室に双子の孫が生まれたと友の知らせにしばし沸き立つ

◎体温を妻に知らせる約束に心配せぬよう少し低めに

☆「明日の朝明日の朝まで待っていて」帰るに帰れぬ夫孤独《ひとり》にして

八月三十一日　水曜日

☆快晴の放射冷却二十一度病院へ向かう路は清しも

☆病室に入れば直ぐに目を合わせマスクの前にとびきりの笑顔

☆「熱はどお」「まだあるみたい」「苦しいね」後は続かぬただ手をつなぐ

◎発熱に妻はタオルを替えくれしその手の優しさとくと味わう

◎担当医隠さず全てを告げくれし信頼しててただ従うだけか

◎久々の六度一分の体温に妻と看護師笑顔爆発

☆午後よりは少し熱が下がりおりデジタル計を何度も確かむ

◎ひまわりの明るき顔に癒されて気力をもらう我も頑張る

☆次々と訪う人それぞれの日々の暮らしのますます遠し

☆下界より嬉しきニュースもたらさる「河野大介作品展」の

◎早朝の妙見辺りを歩こうか杜の霊気を楽しみながら

九月一日　木曜日

☆石段をゆっくり数えて社《やしろ》までムササビの住むケヤキ見上げて

◎肩寄せて参道路を歩きたい寂とするなか心新たに

◎わが水は千年前の大清水離るるほどに恋いこがれおり

◎妻と二人郡上の家でゆっくりと眠りたいな星見える下

◎縁側で妻と二人でお茶を飲む濃き緑志野淡き紅志野

☆夏終わる今日より九月押し寄せる悲観楽観翻弄の波

九月二日　金曜日

☆登校の家族写真が送られて笑顔を受け取る朝の病室

☆昨日から同棲始める姪の子に祝いやろうと夫は宣《のたま》う

☆五日ぶり熱の嵐の凪ぎくればねぎらいくれし看護師の顔施

☆「病室の二人ぽっちもいいものね。」「ところでぽっちはどんな意味だい？」

☆看護師の名を幾人か覚えれば病院もまた住処とぞなる

☆「溝口さん」固有名詞で呼んでみる数歩近づく看護師の距離

◎いつの間にかママの笑顔が広がって病室内はいつも明るい

◎秋の空白くまあるい羊雲外は暑かろ我別世界

☆空色のチェックのパジャマ選びおり羊雲の秋楽しみ給え

☆コンバイン小さく動くを見つければ下界は秋稲を刈り取る

☆起きあがり我には解けぬナンプレをじっくりと解く夫の横顔

◎大ハザコ超然として空見上げ流れの中に沈みおるかも

（ハザコ　山椒魚）

◎緑深き行者が淵のその中のハザコと河童元気なくして

◎大ハザコ禅僧のように淵に棲み平然として百年生きる

☆子が二人若き主治医は明日より四日夏季休暇取ると律儀に告げる

九月三日　土曜日

◎古今橋二人歩けばコロコロとカジカカエルの唄聞こえ来る

◎早朝の水恋鳥はヒュルヒュルヒュルヒュー姿を見せずに声のみ届く

☆朝七時病室に入れば坐しておりあなたはここでも私を待ってる

☆熱と尿一時間ごとの記録在り眠れぬあなたの夜はいかばかり

☆穏やかに眠るあなたの傍らで目覚めた後の遊び幾つか

☆歌などは無縁のあなたが歌を詠むままごと遊びの相手となりて

◎字数しか知らない我に歌千首詠もうというはなかなかのこと

☆好きな字を一文字ずつ選ぼうか　あなたは即座に「空」と応えた

◎好きな字は陽菜の選んだ空《そら》が良い私はそれを空《くう》と読もう

☆幾つかの漢字するりと抜けていく今日の私は「陽」を選ぼう

☆今選ぶ漢字一字何にする由美は昔「晴」を選んだ

☆由美は「晴」あなたが「空」で私が「陽」思い起こせばそんなわが家よ

九月四日　日曜日

☆「まこちゃんが結婚するって！」つかの間を友の家庭の幸に浸りて

◎まこちゃんの結婚話の嬉しくて病室の我も諸手を挙げる

☆七回目の日曜日の朝病室に結婚話のプレゼント来る

☆夜勤明けの看護師ほっこり告げくれぬ結婚するとマスクの顔で

☆大和より秋便り届くしばしの間遠き篠脇夢の幾つか

◎庭園の色づきかけた桂の木甘き香りを放ちておらむ

☆大和より秋の描写の幾つかがメールで届く夢も一緒に

☆昨日より臨時担当の若き医師ほんの数秒間合いが足らぬ

☆零時から六時の間に十一回夜のトイレの苦役を思う

九月五日　月曜日

☆入れて出す点滴と利尿ここ数日眠らぬ夜をあなたはいかに

☆七歳で全身やけどを負うた青年癌発症と語りてくれぬ

◎病室で初めて食べるカボチャプリン美味しいのだが後ろめたくて

◎ママのスマホ出たのは娘忘れたのかいつものママのおっちょこちょい

◎スマホの奥から聞こえる陽菜の声ありがとうと小さな声で

☆昨日より娘の暮らしを手伝えば朝の報告にぎやかにして

九月六日　火曜日

☆旨そうにコーヒーゼリー食べ　おればいつものあなたのいつもの仕草

◎おやつだとにっこり笑う陽菜の顔二人で食べたコーヒーゼリー

◎クッキーを届けてくれし四袋大切に食べる二つ残して

◎体ふき全てをママに任せおり耳の奥から足の裏まで

◎行ってきますとママは帰るその思いただありがとう感謝感謝

☆マドレーヌ携え来たるご夫妻のマスクの奥の瞳の優しさ

九月七日　水曜日

☆解きかけのナンプレ全部解き終えしと今朝のあなた清しき顔に

☆陽菜と紗季二人のにぎわい告げおれば孫達「行ってきます」と朝のスマホ

☆新刊の「酔いどれ小藤次」持ち来ればあなたの読書一ヶ月ぶり

☆二人して読書をすれば穏やかないつものような大和の午後

◎時代だな運動会の応援歌動画で見える孫の姿を

◎あこがれのハーゲンダッツ病室でこっそり食べる三時のおやつに

☆休暇終え医師戻りくれば頼もしく嬉しくもあり朝の回診

☆良い休暇でしたかと尋ねれば「はい」と応える我らの主治医

☆病室にコスモスのハガキ届きけり遠き下呂より思いを載せて

九月八日　木曜日

☆世話くれし看護師間のさざ波に凪ぎ静まれと一声かけぬ

☆コンビニの「しっとりとしたたまごパン」今日のあなたのお気に入り

◎お気に入り「しっとりとしたたまごパン」食べた感触大きさが良い

◎しわだらけの腕眺めおれば妻いわく余分のものが無くなっただけよ

☆検査結果赤ペン青ペン使い分け希望をくれる医師のご配慮

☆初めての応援歌を動画にしエールに代える孫のひたすら

◎毎朝の登校準備楽しそうライン画面に元気いっぱい

九月九日　金曜日

☆メロンパン一個食べ終え満足の笑み浮かべればいつものあなた

☆七冊の時代小説持ち来れば読んでみるかと一冊選びぬ

☆病室の窓に広がる秋の空雲の形が刻々変わる

☆点滴を外して帰宅の再チャレンジ嬉しいことだけ数えてみようか

九月十日　土曜日

◎大空に舞い舞いをする赤とんぼ秋の訪れ知らせに来たか

◎赤とんぼ稲刈りの空に集まりぬ稲の重さを祝うが如くに

◎真黄色大きなトマトの宝石を和良で出来たと自慢して見せ

◎栗アイス川上屋の名物を食べよと我に蓋開けてくれぬ

☆運動会終えて日焼けのそのままで遠きより来る姪と甥らは

☆来週より自宅通院しましょうと医師のことばの深く深くああ

☆好物の柿を夫に食べさせたい願えば友は六時に持ち来る

九月十一日　日曜日

◎美味しかった食べたかった柿の味果物の中で柿が一番

◎食べられぬと思っていた今年の柿みずみずしくてほんとに旨い

◎美味しいな早生の柿だがクセもない渋みもなくて絶品の味

☆病院食全部食べ終えその後で早生柿半分ゆっくり味わう

☆今年の柿食べられんと思ってたと食べ終えあなたは静かにほほえむ

☆金銀のメダルをくれし幼子はじいちゃんあーちゃんよく頑張ったと

☆金銀銅三つ作ったその一つおさなは主治医に銅メダルを渡す

◎ありがとうさっちゃんからの金メダル嬉しい応援じいちゃんへの賞

◎サキからのパワーをもらいじいちゃんはがんばれたよサキありがとう

☆高鷲より姉弟夫婦度々に見舞いてくれぬ心の嬉し

☆パパママと我らを呼びし姪の子が彼女を連れて病室に来た

九月十二日　月曜日

☆大型の空気清浄機二台置きパパ迎えむと息子ら動く

☆家中に掃除機何度も走らせて明日に備える落ち着かぬ夜

第二章

神様のプレゼント

――八百歩の家での十一日間

奇跡のような一時退院でした。結果的には十一日間でしたが、本当に尊い時間でした。穂積の通称「八百歩の家」に帰りましたが、この家は弘之が娘家族の世話に通う私のために買ってくれた中古住宅です。二軒の間が、歩いて八百歩。孫の陽菜と何度か歩いて確かめたものですが、それがいつの間にか、呼び名になりました。

弘之は今まで、母をショートステイに預けて、月に一、二度は、この八百歩の家で過ごしていました。こちらに来ると、いつも小さな菜園や庭の手入れをし、買い物から食事の手伝いまで、一生懸命やってくれるのです。少しでも私が楽なようにと考えてくれたようです。

今、弘之が造ってくれた八百歩の庭は、小さなバラ園になっています。昨年の発症する前の五月、「ノッコの好きなようにすればいい」と、弟に頼んで立派な枯山水の庭を撤去してくれました。運び出した石は二トン車に二杯分。それでも小さな石ころが山ほど残り、その一つひとつを積み上げて、花壇らしく飾ってくれました。その時、バラを植えようと言う。私が、急がなくても大丈夫、少しずつ増やすから、と言うと、まあとにかく植えられるだけは植えようと、大野のバラ園まで見に行こうとせっかちに言うのです。結局、その足で買いに行って、植えてくれました。それまで植えたのと合わせると、三十八本になりました。一時退院の九月十三日、庭には名残のバラが咲いていました。

この家での穏やかな暮らしは、神様からのプレゼントのようでした。大和の牧に帰り、八幡病院へ通院するという選択もありましたが、やはり大学病院に近く安心できることと、何よりも娘家族と八百歩の距離にあることから、穂積の家に決めました。おかげで陽菜は毎日学校帰りに寄ってくれたし、娘夫婦や紗季とも度々会うことができました。私たち夫婦にとって、短かったけれど、かけがえのない豊かな日々を過ごすことができました。

九月十三日　火曜日

◎久しぶり妻の顔みて食事する涙でかすむわが家の夕食

☆こんなにも貴い時間があろうとは森山良子聴き夫との夕食

☆弟の「今何してる」の携帯に「泣きながら夕食」と応えて静か

◎家は良いママの手料理家の味皆のお陰にただただ感謝

◎風呂に入る何日ぶりの湯船かな四肢ゆっくりと湯船に広げる

◎和人の茄子食べることが出来ほっとした和人おすすめ輪切り厚焼き

◎カレーライス中辛の味家の味ママの苦心の野菜がいっぱい

◎畑より里芋抜いて初物よ寿命が延びるとママ嬉しそう

☆今日この平和な平和な一日を座して感謝まずはあなたに

☆「じいちゃん、好きだったよね。ハーゲンダッツ」サキは忘れず
抹茶味持ち来る

◎お小遣いで買ってくれたハーゲンダッツ差し出す孫の顔のかわいさ

◎ご褒美にポケモン欲しいと孫娘運動会には頑張るからねと

九月十七日　土曜日

☆することもない昼下がり紅茶飲みナンプレ解きつつ平穏かみしむ

☆まだ五日もう五日なのかこの暮らし命に感謝ただひたすらに

☆雨降れば庭の緑も軟らかくゆっくり味わう朝の紅茶を

九月十八日　日曜日

☆免疫を高めるというサプリメント飲んでくださいい妻のわがまま

☆高野豆腐アサリの酒蒸しほうれん草サワラを焼いて夕食楽しむ

◎アサリなど病院食では絶対に食べられないよただありがとう

☆新作の茄子のチーズ焼きいかがですかパパのお酌のビールを飲んで

◎何もせず食べさせてもらう生活にただ感謝して過ごすべきかな

☆楽しんで食べてくれればそれでいいままごとみたいな二人の生活

◎二人して顔見合わせて座る日々今までにない距離の感覚

◎プレゼント紅葉紅茶ありがとう寝起きの孫が届けてくれぬ

◎みずみずしい今日届いた大和梨かりっと口に広がる幸せ

☆大好きなふるさと大和の梨の実は豊かな人の温もりの味

☆お互いの老いを労りお茶をする弦楽四重奏今日敬老の日

九月十九日　月曜日

◎敬老の日妻と二人で音楽をお茶とクッキー孫からのもの

☆二ヶ月ぶり絵筆を持てば傍らで夫は画賛を指折り作る

☆赤血球打たずに七日はや過ぎる夫の表情何度も覗う

☆川上屋栗アイスプリン半分こ美味しいだろうと何度も聞きおり

◎ナンプレを二人が解く不思議な場今までにない暮らしの空間

◎チャーハンだ残りご飯がもったいないやっとママらしい献立になる

◎三時にはママと二人向き合って菓子を茶受けにティータイムとなる

九月二十日　火曜日

☆四日ぶり二度目の通院早朝の土手にいっぱい彼岸花咲く

☆きっと良い大丈夫だと言い聞かす何があってもあなたは強い

◎台風が直撃すると放送あり病の我は動きもならず

☆台風は穂積の上空迂回した強運幸運あなたの命も

◎夕方に少し強い風が吹く台風は逸れ我も静かに

◎直撃を覚悟していた台風は海寄りに逸れ我安堵せり

◎草むしる妻を部屋より眺めいる待つのも辛し健康ならばと

九月二十一日　水曜日

◎菜園の手入れができるこの時間元気なあなたが居るからだと妻

☆右肩に凝り残るらし四十九日太き針さしたる首なれば夫

九月二十二日　木曜日

☆今日また百五十日命延ぶ栗きんとんに大和の新米

☆初物を食べさせたいと願いいれば若き二人は新米持ち来る

☆入籍の日にち決めればほろほろと涙の娘に夫もらい泣き

九月二十三日　金曜日

☆だいじょうぶ何度も何度も言い聞かす久々の発熱三十七・七度

☆病院と連絡取れば細やかな命の絆くれし医師らは

☆寂しげにまた病院かとつぶやけば思わず祈る私の神さま

◎楽しみに運動会待つ孫にじいちゃん風邪だと言うは悲しき

☆帰宅する孫待ちわびて何度でも今日のおやつを確かむ夫は

◎帰り待ちケーキを用意す孫娘ニキビを気にしつつ旨いとほおばる

☆少しずつ熱下がり来れば少しずつ胸の鼓動も静まりて来る

第三章

なお奇跡信じて

——再入院から

この病気は、ほかの病気と違って、高熱の割には元気がありました。体温測定して初めて驚くことがありました。二十三日は三回目の通院でした。午前はまったく異常もなく血小板と赤血球の輸血を受けて帰りましたが、午後三時ごろ少し疲れたからと珍しくソファーに横になりました。額に手を当てると熱い。心配になって熱を測ると、三十七度七分。病院に連絡すると、もう少し様子を見ようとのこと。心配で一時間ごとに熱を測りましたが、午後八時頃から下がり始め、午前二時には平熱になりました。ほっと一安心。ところが、朝方再び上がり始め、午前八時には、とうとう三十八度九分。それでも本人は比較的元気で、食欲もあり、いつものように夕食も食べ、少なめではありましたが、朝食も食べることができました。

病院と連絡を取ると、とりあえず身の回りの品を持って、来てくださいとのこと。土曜日でしたが、主治医の中村先生が待っていてくださって、入院の手はずを整えてくださいました。その時も元気に歩いて病室に行き、大部屋の一番端っこのベッドを使うことになりました。

これが最後の入院になるなんて思いもしませんでした。また、熱が下がれば、帰宅できると思えるような元気さでしたから。この日は一年生の孫の紗季の運動会でしたので、主人に促されて早めに帰宅しました。翌日病院に行った時の驚きは、今もあざやかに記憶しています。いったい何が起こったのかと思えるほど憔悴しているのです。気丈な弘之は自分から話しませんでしたが、トイレで転んだらしく、腰をしたたかにうち、それはそれはひどい青あざができていました。もうとても一人で夜を過ごさせることはできないと思い、個室に移ることができた二十六日から病院に泊まることにしました。私が泊まるねと話すと、嬉しそうに「ありがとう」と答えてくれました。それでも私は、残された時間がそんな短いものだとは夢にも思いませんでした。

それから数日して、不安が徐々に押し寄せてきましたが、最後の最後まで奇跡を信じ、弘之も私も前を向いていました。

九月二十四日　土曜日

☆一晩中一時間ごとに熱測る五時より熱は徐々に高まる

☆朝八時熱高まれば即入院彼岸花咲く土手走り来て

☆とりあえず身の回り品詰め込んで再入院となる今日運動会

☆苦しげな荒き呼吸と夫の顔昨夜の苦労にことばもなくて

九月二十五日　日曜日

☆主治医より診断結果を告げられる数値は下降また一歩進む

九月二十六日　月曜日

◎先生は酷な話をされたけどママは大丈夫だと明るく言い切る

☆延命はどうしますかと淡々と立ち話のように問われて二人

☆きっぱりと延命望まぬと夫答うそれで良いねと私に問いぬ

☆それでもなお命の奇跡信じてるオフがオンにきっと変わると

☆起きあがり歌作ろうかと言うあなた再入院四日目の朝

九月二十七日　火曜日

◎先を読み痰吸引機用意する看護師さんに我感謝する

☆よしいっちょ数独やろうかと久々に理詰めの世界にあなたは遊ぶ

九月二十八日　水曜日

☆日に何度ありがとうを言うあなた全ての行為一つ一つに

☆ごめんねと言わせてしまってごめんなさい二人で一緒に闘っているのに

☆夫には気受けという星私には天徳ありと告げくれし人

☆さくさくと梨喰みており四分の一幸せそうに一切れ一切れ

九月二十九日　木曜日

☆さっちゃんの大好物のコーンスープ元気と一緒にさあ召し上がれ

九月三十日　金曜日

☆主治医の命令全て素直に受け止めて定時の薬処置忘れぬ夫

☆いつも何か好奇心に満ちていた私達二人似たもの同士

◎追いかけて大きなちちこ三十五年今病室の夢の中でも

（ちちこ　カワヨシノボリ）

☆ママ居れば元気が出ると幼子のように無垢な瞳で我を見つめる

◎ママの持つ我が家の青き初ミカンまた七十五日命延ぶらむ

◎一〇時より美智代が残り下の世話す恥ずかしい姿でも子供だから

◎パワーのママ受け取り上手の夫の私そう言われて頑張らねばと

☆若き日の島旅行の思い出の続きは今度行きたい島々

☆ねえ今度大島椿見たいわね連れて行ってやるよとあなたは

十月一日　土曜日

◎入院も二度目となると海苔にパン梨に林檎と気軽に届く

☆鼻の奥がふいに熱くなる心臓がこのまま止まるか押し寄せる不安

☆一つ一つ不安材料打ち消して明日届くサプリに奇跡を託す

☆やり場のない怒り哀しみ押し殺す心に鬼を住まわせぬよう

☆さああなた花札やろうか病室の勝負は矢張りあなたの勝ちね

十月二日　日曜日

☆なお奇跡信じて我のわがままを弟夫婦は笑顔で応う

☆つながって生かされているありがたさ病室《へや》いっぱいに訪う人々

十月三日　月曜日

☆お茶と水交互にのみてただ眠る合間合間にただありがとうと

☆あまりにも不安の多き朝なれば「感謝して」のメールに救わる

☆覚悟してずっと来たはず大丈夫だいじょうぶだと我に言い聞かす

☆ひたひたと秋雨煙る月曜日夫眠りおればあまりにも淋し

十月四日　火曜日

☆病みおれば戦友のごとき二人なり共に七十五老兵になりて

（信夫さんに）

☆それぞれに回復なき身と知りおれば交わす言葉の一言重し

十月五日　水曜日

☆新たなるせん妄という敵現る少しずつ夢の世界に行くか

☆終日を若き二人が付き添いて手足をさすりことばをかける

☆夫のことパパと呼びたる姪の子は看護師なれば心強くて

☆がんばるも幸せ語ることばさえ進行形から過去形になる

十月六日　木曜日

☆主治医には鮮明に脳が働いて感謝のことばを何度も述べる

☆ありがとうお前は強い強い子だじっと目を見て二度繰り返す

十月七日　金曜日

☆子や孫に笑顔でうなずき握手する仏のような穏やかさにて
十月八日　土曜日

☆突然にがばりと起きて朝食を食べると言えりいっときの元気
十月九日　日曜日

☆吸い口で牛乳垂らせばただ無心赤子のように口を開けり

☆ゆっくりとハーゲンダッツ含ませる舌の上に溶けてこぼれる

☆午後よりは規則正しく呼吸してただ眠りおり四肢ゆったりと

☆吸引も洗浄されるもされるがまま深い眠りのあなたは静か

☆哀しみを握りつぶすと歌詠めど極まればそこに歌も生まれず

十月十日　月曜日

☆十月十日十時二十七分　あなたは永い眠りについた

☆ありがとうただありがとう百万のありがとうあなた幸せでした

☆妙見の朝の社を訪ぬればあなたは居ませり御風となりて

十月二十日　木曜日

結びにかえて—通夜の御礼の言葉—

遺族・親族を代表いたしまして、一言ご挨拶を述べさせていただきます。ただいま西円寺様には、ご丁寧なお勤めをあげていただき、本当にありがとうございました。父にとりまして西円寺様は、心のよりどころのような先生でしたので、こうして送っていただけることを、何よりもありがたく思っていることでしょう。先生、本当にありがとうございました。

本日、皆様方には何かとご多忙の中、ご会葬いただき、過分なるご厚志を賜り、厚くお礼申し上げます。

父は、十月十日の朝、七十五歳と六ヶ月で金古弘之らしい生涯をとじました。

昨年の夏、頸動脈の狭窄が見つかり、首にステントを入れることになりました。当初、二泊三日程度の簡単な手術の予定が、思わぬトラブルで、一ヶ月近い入院を余儀なくされました。その後、郡上市民病院に通院しながら、比較的元気に過ごしておりましたが、今年五月ごろから、糖尿病の疑いがあるといわれ、治療しておりました。

七月になって、血液の異常が見つかり、大学病院で精密検査をしましたところ、急性赤白血病と診断されました。

この聞きなれない赤白血病というのは、白血病の中でも極めて治療の困難なもので、完治が望めないことを告げられました。大学病院でも二例目と言われ、「白血球」も「赤血球」も「血小板」もどんどん壊れていくという難病でした。

主治医の先生は、父にありのままを伝えてくださいました。それでも父は、愚痴も弱音もはかず、ありのままを受け止めました。

本来ならば、父は輸血など好まない人でしたが、七月二十二日に入院して八十一日間、体中の血液が入れ替わるほどの輸血をしていただき、抗がん剤治療にも耐えました。それはすべて、私たち家族のためでした。家族が望むならと、本当に前向きに生きてくれました。強い父でした。

途中、小康を得て、十一日間、瑞穂市にある家に帰ることができました。母と二人、まるで新婚の夫婦のように楽しそうに仲良く過ごしておりました。孫たちが学校帰りに寄るのを心待ちにして、にこやかに穏やかに、一日一日をかみしめるように暮らした姿が忘れられません。九月二十三日、発熱のため再入院となりましたが、それでも気丈に、周りを気遣い、一人ひとりに一つひとつの行為にありがとうを言い、この間、何百回、何千回のありがとうを言ったことか、思い返すだけで、心が熱くなります。

十月十日十時二十七分、大好きな家族や多くの親戚に囲まれ、みんなからのありがとうに送られて、永眠いたしました。

父と母は八十一日間の闘病生活を、「病室のままごと」と題して、五百首近くの歌を作ったようです。いつか皆さんに見ていただければと思っています。

それから、大学病院の申し出により、父は病理解剖をしていただきました。岐阜大学と京都大学との共同で遺伝子研究に役立ててくださるようです。細胞は半永久保存されるようです。科学者としての父にとって、きっと望むことだろうと思いますし、たくさんの血液を頂きましたささやかな御恩返しでもあります。

父にとって心残りは、まだまだやりたい調査研究がたくさんあったことと思います。今まで作った冊子や書籍にたくさんの付箋がついておりますし、入院する二日前にも専門書が届いていました。パソコンにも未完の原稿がいくつかあります。

好奇心いっぱいに山に川に出かけ、聞き取りをし、書物を読み、いつも何かを一生懸命に追いかけていました。でも、どれだけ時間があっても足りなかったと思います。

六十歳までの教師としての人生も、その後の研究者としての人生も父は十分満喫したのではないかと、私たち家族は思っています。多くの、父を慕ってくださった教え子の皆さん、教師としての父を支えてくださった諸先生方、その時々にご厚情くださいました皆さん、そして、父を迎え入れてくださった地域の方々、本当にありがとうございました。心から感謝申し上げます。

十分に意を尽くせませんが、お礼の言葉にかえさせていただきます。

本日は本当にありがとうございました。

金古　博靖

　　　由美

再刊行にあたってのあとがき

弘之がいなくなって、もうすぐ三年になります。その日のことは、昨日のことのような気もしますし、ずっと昔のことのような気もします。少しずつ弘之のいない暮らしが、日常化していきます。

先日、なんでもない事務連絡の文章を書いていて、ふいに「淋しさは清潔ですね」と誰かに伝えたくなりました。弘之を亡くした淋しさは、今では悲しみとも違い、なぜか静謐な思いがします。きっと、贅沢に慣れてしまった豊満な暮らしが、山里での自給自足の暮らしに切り替わったような、何かに頼らない生き方になったからでしょうか。暮らしや思考のベースがすべて弘之でしたから、依存しないで独り立ちしなければならないことを、時が教えてくれました。「時は妙薬である」どこかで読んだような気がします。

そんな一人歩きを始めた私が、文芸社から突然にお便りをいただき、本書『病室のままこと』の発刊が決まりました。お便りをいただいた当初は、私の中で歌集は完結していましたので、発刊など思いもよらないことでした。私家集として弘之の一周忌に間に合わせて五百部印刷し、親戚や友人知人、教え子の皆さんにお配りしましたので、手元に残った歌集は遺品のような存在になっていました。そんな旨を手紙にして、歌集と一緒に文芸社に送りました。昨年末だったような気がします。そのことをすっかり忘れてしまった頃、文芸社から「出版費用¥0キャンペーン」の該当作品になったとの知らせがありました。まったく考えてもみなかったことなので、しばらくは信じがたい出来事のようでした。それでも戸惑いの中で、一人でも多くの方に知っていただくのは、弘之にとって良いことではないかと思えるようになりました。

それは、私の中で何度も何度も反芻している思いがあるからです。弘之は弘之らしい人生を送ったのだから、あの幕引きはまったく彼らしいものだった、だから、あれで良かったのだという思い。そして、書斎に残された膨大な資料や手の跡などを見るにつけ、なぜ生きることができなかったのだろうか、彼の、もしかしたらあったかもしれない時間がなくなってしまったことへの痛ましさや悔しさのような思いがあるのです。

この拙い歌集を手にとってくださる方がいて、何か感じていただけたら、弘之と私が一緒に生きた日々が風化してしまわないような気がするのです。

たった今、孫の紗季から電話がありました。「あーちゃん、何してる」と言うので、「じいちゃんの『病室のままこと』のあとがきを郡上で書いているよ」と答えると、「そっか、一人で淋しいね」と言うのです。

当時小学一年生だった孫は、もう四年生です。先日、郡上の家にあった『病室のままごと』を見つけて拾い読みしていたので、「さっちゃん用に一冊あげるよ」と言ったら、喜んで持ち帰りました。連休の暇暇に彼女なりに読んだらしく、「じいちゃんは幸せだったね」そう言ってから慌てて「いなくなったことは悲しいけれど、この本は悲しい本じゃないね。じいちゃんは幸せだったね」と付け加えるのです。この子も子どもなりにじいちゃんとの別れを受けとめたようで、当時、じいちゃんを思い出して「逢いたい」と泣いた子が、自分の立場ではなく、じいちゃんの立場に立って幸せな別れだったと思えるようになったことは、三年の月日と私たち残された家族の思いなのでしょう。

高校三年生になった上の孫の陽菜は誰よりも本の出版を喜んでくれているけれど、

じいちゃん子だっただけに「陽菜は、まだ読めない」と言っています。

私の中で、これからも様々な反芻は続くでしょうが、でもいつだってメリーウイドウです。弘之が愛してくれたのり子は、明るくて陽気なのです。

最後になりました。出版はちょっとどきどきしますが、文芸社の皆さんに心から感謝しています。目にとめてくださって有難うございます。後押ししてくださって、本当に有難うございます。どこでどうやって見つけてくださったのか、奇跡に感謝です。

令和元年五月　金古のり子

著者プロフィール

金古 弘之（かねこ ひろゆき）

1941年　石川県金沢市に生まれる
1963年　金沢大学理学部卒業後、岐阜県立郡上高等学校教師となる
1970年　美野島のり子と結婚
2001年　県立武義高等学校長を最後に退職
※大学卒業後2016年まで、植物や動物、民俗学等多岐にわたる調査研究を行い、数多くの書籍を出版

金古 のり子（かねこ のりこ）

1950年　岐阜県郡上市に生まれる
1970年　金古弘之と結婚
1972年　愛知大学文学部卒業後、岐阜県の中学校国語教師となる
1975年　由美出産
2010年　郡上市立白鳥小学校長を最後に退職
※大和中学校時代、郡上市大和町の「うたの町づくり」で短歌と関わる

贈答歌集　病室のままこと

2019年9月15日　初版第1刷発行

著　者　金古 弘之／金古 のり子
発行者　瓜谷 綱延
発行所　株式会社文芸社
〒160-0022　東京都新宿区新宿1－10－1
電話 03-5369-3060（代表）
03-5369-2299（販売）

印刷所　株式会社フクイン

ISBN978-4-286-20859-6